4 Décembre

COLLECTION LEON NELLI

N° 195

OBJETS D'ART

ET DE

HAUTE CURIOSITÉ

DU

MOYEN AGE

ET

DE LA

RENAISSANCE

PARIS — 1911

COLLECTION LÉON NELLI

OBJETS D'ART

ET DE

HAUTE CURIOSITÉ

DU MOYEN AGE & DE LA RENAISSANCE

CATALOGUE

DES

OBJETS D'ART

ET DE

HAUTE CURIOSITÉ

DU MOYEN AGE & DE LA RENAISSANCE

EMAUX DE LIMOGES

CHAMPLEVÉS ET PEINTS

IVOIRES

Bronzes, Cuivres, Marbres, Pierres, Bois sculptés

OBJETS VARIÉS

Composant la Collection de M. LÉON NELLI

ARCHITECTE à CARCASSONNE

DONT LA VENTE AURA LIEU A PARIS

HOTEL DROUOT, SALLE N° 10

LES LUNDI 4 ET MARDI 5 DÉCEMBRE 1911

à deux heures

Mᵉ ROBERT BIGNON
COMMISSAIRE-PRISEUR
41, rue de la Victoire

M. HENRI LEMAN
EXPERT
37, rue Laffitte

EXPOSITION PUBLIQUE

LE DIMANCHE 3 DÉCEMBRE 1911, DE 1 H. 1/2 A 6 HEURES

CONDITIONS DE LA VENTE

Elle sera faite au comptant.

Les adjudicataires paieront *dix pour cent* en sus des enchères.

ORDRE DES VACATIONS

Le Lundi 4 Décembre 1911

Objets variés	1 à 47
Émaux champlevés	48 à 72
Émaux peints (Partie des)	73 à 111

Le Mardi 5 Décembre 1911

Émaux peints (Fin des)	112 à 151
Ivoires	152 à 186
Bois sculptés	187 à 216
Sculptures diverses	217 à 224

Paris. — Imp. de l'Art, Ch. Berger, 41, rue de la Victoire.

DÉSIGNATION

OBJETS VARIÉS

1 — Petite peinture sur cuivre, représentant la Vierge vue à mi-corps de face, tenant un livre et une palme. Fond d'or. Espagne, XVIe siècle.

2 — Peinture sur cuivre : Tête de Christ. Cadre en bois sculpté et doré.

Haut., 30 cent.; larg., 25 cent.

3 — Petite peinture sur bois : Flagellation du Christ.

Haut., 13 cent.; larg., 9 cent.

4 — Petit tableau peint sur bois, représentant une scène religieuse à nombreux personnages : Saint Jean-Baptiste prêchant dans le désert. XVIe siècle.

Cadre doré. Haut., 185 millim.; larg., 135 millim.

5 — Panneau en bois peint en couleurs, avec rehauts d'or, représentant la Pieta. Ecole primitive espagnole.

Haut., 46 cent.; larg., 30 cent.

6 — Petite miniature ovale, représentant sainte Madeleine, disposée au milieu d'un entourage de papier découpé. Cadre rectangulaire en verre à baguettes plates et moulures en torsades. Ancien travail italien.

Haut., 13 cent.; larg., 10 cent.

7 — Gouache, représentant saint Nicolas debout crossé et mitré, ayant près de lui les trois enfants dans la cuve. Cadre en ébène orné d'appliques de métal repercé. XVIIe siècle.

Haut. totale, 29 cent.; larg., 24 cent.

8 — Deux feuilles de manuscrit sur parchemin, ornées d'un texte latin écrit à l'encre rouge et noire et décorées de lettres majuscules ornementées en or et en couleurs. XVe siècle.

Haut., 34 cent.; larg., 26 cent.

9 — Manuscrit sur parchemin : Livre d'Heures, il est orné de vingt-deux petites miniatures dans les marges du calendrier, offrant les signes du Zodiaque et des sujets allégoriques des mois. Chaque feuillet est orné de bandes marginales à décor de feuillages et de fleurettes polychromes, et onze miniatures réparties dans le texte représentent : la Vierge et l'Enfant, l'Annonciation, la Crucifixion, la Nativité, la Fuite en Egypte, etc. Fin du XVe siècle.

Haut., 170 millim.; larg., 135 millim.

La reliure manque et différents feuillets sont incomplets.

10 — Deux petites plaques ovales émaillées en couleurs à sujets de sainteté. XVIIe siècle.

11 — Petite plaque rectangulaire en cuivre émaillé à sujet mythologique. (Dessus de bonbonnière). XVIIIe siècle. Cadre doré.

12 — Email ovale sur cuivre, orné d'une tête de Pan, vue de profil à gauche et peinte en grisailles à l'imitation d'un camée. XVIIIe siècle.

13 — Dessus de boîte rectangulaire en cuivre émaillé : Sujet galant. Au revers, un panier fleuri. XVIIIe siècle. Cadre ancien en bois sculpté et doré.

14 — Quatre petits émaux ovales, à sujets variés.

15 — Petite cassolette à parfums, piriforme, en émail polychrome et montée en argent. XVIIIe siècle.

16 — Petite broche en filigrane d'argent, ornée d'un émail représentant l'Annonciation. XVIIIe siècle.

17 — Deux petites statuettes en argent repoussé, représentant deux anges tenant des porte-cierges. Espagne, XVe siècle.

Haut., 9 cent.

18 — Deux petites figurines d'applique en cuivre fondu et doré, provenant d'une croix et représentant la Vierge et saint Jean. XVe siècle.

19 — Petite croix en bois de cèdre sculpté et ajouré, à décor de personnages, représentant des scènes de la Vie du Christ.

20 — Deux bijoux rectangulaires en cuivre émaillé et ajouré, à attributs religieux. Espagne, XVIIe siècle.

21 — Chef en cuivre fondu, représentant un homme imberbe, les yeux ouverts et les traits du visage très accentués. Ancien travail espagnol.

Haut., 20 cent.

22 — Plat rond en cuivre repoussé, décoré au fond d'un médaillon représentant un ange debout, tenant deux écussons, disposé au milieu d'une inscription en lettres gothiques. Au marli, feuilles et fleurettes gravées.

Diam., 40 cent.

23 — Plat rond en cuivre repoussé. Au fond, médaillon représentant Adam et Eve, entouré d'une inscription en lettres gothiques.

Diam., 37 cent.

24 — Plat rond en cuivre repoussé, orné d'un sujet représentant l'Annonciation.

Diam., 36 cent.

25 — Plat rond en cuivre repoussé ; il est orné au fond d'un médaillon représentant saint Georges terrassant le dragon.

Diam., 225 millim.

26 — Neuf bulles en plomb.

27 — Petite lampe de suspension en forme de colombe. Bronze. Ancien travail oriental.

28 — Verrou en fer ciselé et repercé à motifs de rinceaux, séparés par des contre-forts gothiques. xve siècle.

29 — Six clefs en fer de modèles variés.

30 — Serrure en fer à moraillon en forme de dragon. Clous de porte et divers fragments de serrures en fer. Moraillon en fer formé d'un dragon, etc.

31 — Divers poids en bronze, de forme rectangulaire.

32 — Fragment d'épée en fer, munie de deux quillons courts incurvés vers la lame et d'un pommeau plat et arrondi. xiie siècle. Une lance et une petite lame en fer. Ensemble trois pièces.

33 — Pommeau piriforme en fer incrusté d'argent, à décor de rinceaux et de têtes de chérubins. xvie siècle.

34 — Un éperon à longue tige quadrangulaire. Un mors de filet. Trois pointes de flèches. Ensemble cinq pièces en fer d'époque primitive.

35 — Coffret rectangulaire en cuir noir ciselé, il est muni d'un couvercle plat à bords chanfreinés et d'une armature en fer. Il ferme au moyen d'une serrure à moraillon. xve siècle.

Haut., 9 cent.; larg. 19 cent.; long., 23 cent.

36 — Coffret rectangulaire à couvercle plat en cuir noir, muni d'une armature en fer et d'une serrure à moraillon. A l'intérieur du couvercle est collée une gravure sur bois représentant l'Annonciation. XVe siècle.

Haut., 12 cent.; larg., 18 cent.; long., 27 cent.

37 — Coupe à deux anses en ancienne terre vernissée, décorée au fond de l'Agneau nimbé ayant la croix près de lui.

38 — Deux carreaux de pavage, à décor bleu.

39 — Carreau en ancienne faïence orientale, à décor géométrique bleu sur fond blanc.

40 — Bande en hauteur en brocatille et deux carrés d'étoffe rouge et jaune. Ancien travail italien.

41 — Divers échantillons d'étoffes coptes, à décor de personnages, animaux, oiseaux et fleurs. Égypte.

42 — Échantillon d'étoffe copte, à décor de médaillons, présentant des personnages, animaux et cavaliers tissés en jaune sur fond grenat. Egypte.

Haut., 40 cent. ; larg., 23 cent.

43 — Divers échantillons de tissus anciens.

44 — Divers échantillons de tissus orientaux anciens lamés d'or, à décors variés.

45 — Échantillon de tissus, à décor de compartiments carrés offrant alternativement une licorne et des arbustes, tissés en jaune sur fond violacé et rouge. xve siècle.

Larg., 30 cent. ; haut., 28 cent.

46 — Échantillon de tissus, orné d'un médaillon lobé présentant un lion tourné à gauche debout au pied d'un arbre, et tissé en or sur fond bleu. Entourage de bandes et de compartiments à décor d'animaux et d'ornements géométriques en jaune sur fond bleu. xve siècle.

Larg., 25 cent. ; haut., 16 cent.

47 — Fragment de tapisserie de l'époque Louis XII : Tête d'homme de trois quarts à droite. Encadré.

Haut., 28 cent. ; larg., 20 cent.

ÉMAUX CHAMPLEVES

48 — Croix plate en cuivre champlevé et émaillé à branches terminées en fleur de lis. Elle est ornée au centre de la silhouette du Christ réservée et gravée, disposée sur une croix simulant des branches d'arbre. Sur les bras de la croix se voient la Vierge et saint Jean et deux anges nimbés. Fond d'émail bleu, rehauts de rouge et de vert. Limoges, xiiie siècle.

Haut., 27 cent. ; larg., 19 cent.

49 — Pixide à couvercle conique surmonté d'une croix. Elle est ornée de rosaces polychromes disposées symétriquement et séparées par des palmettes. Cuivre doré et émaillé. Limoges, XIIIe siècle.

50 — Croix plate en cuivre champlevé et émaillé. Elle est ornée d'un Christ réservé et gravé sur fond d'émaux bleu lapis et vert et d'un semis de rosaces et de losanges polychromes. Limoges, XIIIe siècle.

Haut., 21 cent. ; larg., 12 cent.

51 — Christ d'applique en cuivre gravé. Sur la jupe, quelques traces d'émail bleu lapis et bleu turquoise. Limoges, XIIIe siècle.

Haut., 17 cent.

52 — Pixide en cuivre champlevé et émaillé à couvercle conique, elle est décorée de médaillons circulaires au monogramme du Christ sur fond d'émail blanc. Palmettes réservées sur fond d'émail bleu. Limoges, XIIIe siècle.

53 — Grande croix plate en cuivre gravé et doré. Les branches terminées en fleurons tribobés sont ornées sur la face de rinceaux gravés et de quatre plaquettes réappliquées représentant la Vierge et saint Jean, un ange tenant un encensoir, et un saint personnage assis et tenant un phylactère. Au centre de la croix est un Christ d'applique en cuivre gravé orné de la jupe émaillée. Au revers, une plaquette en cuivre

champlevé représente le Christ assis et bénissant, gravé et réservé sur fond d'émail bleu. Les branches de la croix sont entièrement couvertes de rinceaux gravés et de quatre losanges dans lesquels sont inscrits les symboles des Évangélistes. xve siècle.

Haut., 59 cent. ; larg., 43 cent.

54 — Croix plate en cuivre doré et gravé. Elle est ornée sur la face d'un Christ d'applique également en cuivre gravé avec jupe émaillée bleu et de quatre médaillons quadrilobés, ornés de cabochons. Le revers est couvert de rinceaux gravés et d'un médaillon central émaillé représentant le Christ bénissant. xve siècle.

Haut., 50 cent.; larg., 32 cent.

55 — Petite châsse, en forme de maison, en bois; revêtue de plaques de cuivre champlevé et émaillé. Deux des plaques sont à motifs géométriques, les deux pignons sont ornés de personnages gravés et réservés sur fond d'émail bleu; et la face est munie d'une plaque de cuivre gravé et doré, ornée d'une figurine en relief et de huit cabochons de verroteries. Limoges, xiiie siècle. (Incomplète.)

Haut., 14 cent ; larg., 57 millim.; long., 15 cent.

56 — Encensoir en cuivre champlevé et émaillé. La partie inférieure est formée d'une calotte sphérique ornée de huit compartiments décorés alternativement de bustes d'anges ailés, et de rinceaux réservés sur fonds émaillés. Le couver-

cle mamelonné est orné de rinceaux ajourés et de deux rangées superposées d'*entrées de serrure*. Ce couvercle glisse sur quatre chaînes réunies par un fleuron. Limoges, XIIIe siècle. (Quelques parties émaillées paraissent avoir été restaurées.)

57 — Reliquaire en cuivre champlevé et émaillé. Il se compose d'un tube cylindrique vertical en verre surmonté d'un toit conique et flanqué de quatre contre-forts en cuivre gravé. Il est posé sur une tige cylindrique unie, interrompue par un nœud méplat, et repose sur une base plate quadrilobée, en cuivre champlevé et émaillé, ornée de la crucifixion du Christ bénissant et de deux anges, réservés et gravés sur fond d'émail bleu lapis. Limoges, XIIIe siècle.

Haut., 29 cent.

58 — Croix plate en cuivre gravé et doré, les extrémités des branches sont trilobées. Elle est ornée d'une figure de Christ d'applique, également en cuivre doré, d'un *titulus* et de quatre médaillons lobés ornés de cabochons. Le revers est gravé de rinceaux et d'un médaillon irrégulier, présentant le Christ, assis et bénissant. XVe siècle.

Haut., 60 cent.; larg., 37 cent.

59 — Petite croix plate en cuivre gravé. Elle est ornée d'un Christ d'applique également en cuivre gravé. XVe siècle.

Haut., 22 cent.; larg., 135 millim.

60 — Christ en cuivre repoussé et doré. XVe siècle.
Haut., 20 cent.

61 — Christ en cuivre gravé. La jupe est émaillée en couleurs. XIVe siècle.
Haut., 16 cent.

62 — Christ en bronze fondu.

63 — Croix en cuivre gravé avec figure de Christ repoussé. XVe siècle.
Haut., 23 cent.

64 — Petite croix en cuivre gravé et doré, elle est ornée d'un Christ d'applique également doré, et de trois cabochons. Le revers est gravé de palmettes. XVe siècle.
Haut., 20 cent.; larg., 13 cent.

65 — Croix plate en cuivre gravé et doré à branches découpées, ornée sur la face de rinceaux gravés et d'un Christ d'applique également en cuivre doré. Au revers, médaillon central, offrant une figure d'ange ailé, et rinceaux gravés. XVe siècle.
Haut., 465 millim.; larg., 27 cent.

66 — Couvercle de custode en cuivre champlevé et émaillé de forme conique, à décor de trois bustes d'anges réservés dans des médaillons à fond bleu turquoise. Dans le champ, rinceaux gravés sur fond bleu. Limoges, XIIIe siècle.

67 — Croix plate en cuivre champlevé et doré, avec traces d'émail bleu lapis, à décor de rinceaux réservés. Elle est complétée par un Christ en cuivre doré et gravé, vêtu d'une jupe émaillée bleu et blanc. Limoges, xiiie siècle.

Haut., 23 cent.; larg., 145 millim.

68 — Croix plate en cuivre champlevé et émaillé, à décor de petites rosaces polychromes sur fond bleu; un Christ en cuivre fondu et gravé, revêtu de la jupe émaillée, est appliqué dessus. Limoges, xiiie siècle.

Haut., 18 cent.; larg., 123 millim.

69 — Jolie pendeloque de harnais en cuivre champlevé. Elle est de forme quadrilobée et décorée d'un buste de guerrier tourné de trois quarts vers la droite, vêtu de mailles et coiffé d'un casque dont la visière est relevée. Dans le champ sont des fleurettes à trois pétales. Traces de dorure. xive siècle.

Larg., 63 millim.

70 — Pendeloque de harnais de forme circulaire en cuivre champlevé et émaillé, ornée d'un écusson armorié. XIVe siècle.

Diam., 6 millim.

71 — Trois pendeloques de harnais en cuivre émaillé; un sceau armorié en bronze; deux bagues en bronze à chatons gravés. Ensemble six pièces.

72 — Pendeloque de harnais en cuivre champlevé et diverses pièces en bronze : crochets et boucles de ceintures, croix reliquaire, etc.

ÉMAUX PEINTS

DE

LIMOGES

73 — Grande plaque rectangulaire peinte en couleurs, présentant une composition à nombreux personnages : Scène de la vie du Christ. *Atelier de Couly II Nouailher.* Limoges, XVIe siècle.

Haut., 265 millim. ; larg., 19 cent.

Cadre ancien en bois sculpté et doré.

74 — Plaque rectangulaire peinte en couleurs, représentant la Crucifixion. Composition à nombreux personnages avec les Saintes Femmes et des cavaliers. A l'arrière-plan, paysages et monuments. Fond noir avec rehauts d'or. Limoges, XVIe siècle.

Haut., 165 millim. ; larg., 14 cent.

Cadre ancien en bois sculpté et doré.

75 — Plaque ovale en émail peint en couleurs, représentant le Christ de trois quarts à gauche, vu à mi-corps. Limoges, XVIe siècle.

Haut., 115 millim.

Cadre ancien en bois sculpté et doré.

76 — Plaque rectangulaire peinte en couleurs, représentant la Nativité. Limoges, XVIe siècle.

Haut., 18 cent. ; larg., 15 cent.

Cadre ancien en bois mouluré, à fronton triangulaire.

77 — Baiser de paix à monture de cuivre, orné d'une plaque en émail peint en couleurs, représentant l'Annonciation. *Atelier de Pierre Raymond*. Limoges, XVIe siècle.

Haut., 9 cent.

78 — Plaque ovale peinte en couleurs, représentant la Vierge en prières, les mains jointes, tournée de trois quarts à droite. Limoges, XVIe siècle.

Grand diam., 9 cent.

Cadre en bois sculpté et doré.

79 — Plaque de baiser de paix peint en grisaille avec chairs saumonées sur fond bleu, représentant l'*Ecce Homo*. Limoges, XVIe siècle.

Haut., 8 cent.

80 — Plaque rectangulaire peinte en couleurs : Composition à nombreux personnages représentant le Christ couronné d'épines. Limoges, XVIe siècle.

Haut., 18 cent., larg., 135 millim.

Cadre ancien en bois sculpté et doré.

83
560

122

118
385

84
1250

120
1300

85
900

Phototypie Berthaud, Paris

81 — Plaque rectangulaire peinte en couleurs, représentant saint Michel debout, tenant la croix et la balance. En haut, une banderole avec l'inscription : SANCTE MICHAEL. Limoges, XVIe siècle.

Haut., 15 cent. ; larg., 115 millim.

Cadre mouluré, en bois noir.

82 — Plaque rectangulaire peinte en couleurs, représentant l'Assomption de la Vierge debout sur le croissant lunaire au milieu des nuages et soutenue par des anges. Limoges, XVIe siècle.

Haut., 16 cent. ; larg., 13 cent.

83 — Plaque rectangulaire peinte en couleurs avec des rehauts d'or et de paillons, représentant Sainte Barbe vue de trois quarts à droite, à mi-corps et vêtue du costume du XVIe siècle. Corsage décolleté orné d'une fleur, laissant voir une guimpe blanche plissée, manches bouffantes à crevés. La sainte porte de ses deux mains la tour et une palme. Fond noir semé d'étoiles d'or. — *Atelier de Jean Limosin*. Limoges, XVIe siècle.

Haut., 105 millim. ; larg., 075 millim.

Cadre noir mouluré.

84 — Plaque rectangulaire peinte en couleurs avec rehauts d'or, représentant le Christ à la colonne. Au premier plan, Jésus est attaché à une colonne entouré de nombreux personnages et de bourreaux qui le frappent à coups de fouet. Au fond

un bâtiment à fenêtres cintrées. — *Atelier de Pierre Raymond.* Limoges, XVIe siècle.

Haut., 20 cent.; larg., 162 millim.

Cadre doré.

85 — Plaque rectangulaire peinte en couleurs avec rehauts d'or, représentant une composition à nombreux personnages figurant le Christ montré au peuple. — *Atelier de Pierre Raymond.* Limoges, XVIe siècle.

Haut., 20 cent.; larg., 162 millim.

Cadre doré.

86 — Baiser de paix en cuivre, orné d'une plaque cintrée en émail peint en couleurs, représentant l'Adoration des rois mages. Limoges. XVIe siècle.

87 — Petite plaque rectangulaire en émail peint en couleurs, représentant la Vierge et trois autres personnages contemplant l'Enfant Jésus étendu à terre au premier plan. — *Couly II Nouailher.* Limoges, XVIe siècle.

88 — Petit baiser de paix, à monture de cuivre et orné d'une plaque en émail peint de Limoges du XVIe siècle, représentant le Christ mort étendu sur les genoux de la Vierge, aux côtés de laquelle sont la Madeleine et saint Jean.

89 — Plaque rectangulaire peinte en couleurs, représentant la Visitation. Limoges, XVIe siècle.

Haut., 12 cent.; larg., 105 millim.

121

128

600 ...

128

1300

92

1110

91

119

475

Phototypie Berthaud, Paris

90 — Plaque rectangulaire peinte en couleurs, représentant la Résurrection du Christ. Limoges, XVIe siècle.

Haut., 20 cent. ; larg., 165 millim.

91 — Plaque de coffret de forme rectangulaire peinte en grisaille, représentant Loth et ses Filles. Fond de paysages avec la ville de Sodome en feu. Limoges, XVIe siècle.

Haut., 75 millim.; larg., 117 millim.

92 — Plaque rectangulaire peinte en couleurs, représentant la Vierge assise, les mains croisées sur sa poitrine et au milieu d'une gloire formée de sept glaives symboliques. Dans le coin gauche est un moine agenouillé en prières, et dans le champ sont sept médaillons ronds à sujets tirés de scènes de la vie du Christ : la Circoncision, la Fuite en Egypte, Jésus et les docteurs, Jésus succombant sous la croix, la Crucifixion, la Piéta et la Mise au tombeau. Limoges, XVIe siècle.

Haut., 20 cent.; larg., 18 cent.

93 — Petite coupe à déguster, munie d'une anse plate. Elle est ornée au fond du buste du Christ de profil à gauche. Entourage de fleurettes polychromes. Limoges, XVIIe siècle.

94 — Tasse peinte en couleurs, ornée de deux médaillons séparés par des rinceaux en relief et présentant les portraits de Cléopâtre et d'Auguste. *Atelier des Nouailher*. Limoges, XVIIe siècle.

95 — Coupe lobée peinte en couleurs, avec rehauts d'or et paillons. Elle est ornée au fond d'un médaillon hexagonal présentant saint Bonaventure en prières devant une apparition céleste. Bordures de fleurettes polychromes, sur fond blanc. A l'extérieur, fleurettes en couleurs et en or, sur fond noir et au fond : Paysage avec monuments. Signée : *I.-L. Jacques Laudin.* Limoges, xviie siècle.

Diam., 16 cent.

96 — Plaque rectangulaire peinte en couleurs, sur fond noir, représentant une Sainte debout, drapée dans un manteau vert, tenant un livre et un crucifix. Au bas de la plaque, l'inscription sur fond blanc : *S. DELPHINE, VIERGE.* Encadrement de fleurettes en relief aux angles. Au revers, la signature : *Laudin, aux Faubourgs de Manigne, à Limoges. I.-L.* xviie siècle.

Haut., 74 cent.; larg., 11 cent.

Cadre doré.

97 — Plaque ovale, provenant d'un bénitier, peinte en grisaille, et représentant la Vierge assise tenant l'Enfant Jésus, auquel saint Jean, à cheval sur l'Agneau, apporte l'étendard crucifère. Signée au revers : *Laudin, émailleur, au faubourg de Magnine.* Limoges, xviie siècle.

Grand diam., 13 cent.

98 — Petite plaque rectangulaire, peinte en couleurs, représentant saint Augustin assis, tenant un livre. Fond bleu, encadrement de fleurettes poly-

chromes sur fond blanc. *Atelier des Nouailher.* Limoges, XVIIe siècle.

Haut., 7 cent.; larg., 6 cent.

99 — Plaque rectangulaire, peinte en grisaille, représentant la Vierge assise, tenant l'Enfant Jésus. Au revers, la signature : *IIPONCET. F.* Limoges, XVIIe siècle.

Haut., 14 cent.; 150 millim.

100 — Plaque rectangulaire peinte en couleurs, représentant saint Jacob, à mi-corps, tenant un livre et une massue. Fond noir à semis de fleurettes d'or et légende : *S. IACOBVS.* Limoges, XVIIe siècle.

Haut., 115 millim.; larg., 85 millim.

Cadre mouluré doré.

101 — Plaque rectangulaire peinte en couleurs, représentant saint Jacob, à mi-corps, tenant un livre. Fond noir à semis de fleurettes d'or et légende : *S. IACOBVS.* Limoges, XVIIe siècle.

Haut., 115 millim.; larg., 85 millim.

Cadre mouluré doré.

102 — Plaque rectangulaire peinte en couleurs, représentant sainte Marie-Madeleine. *Atelier de Jean Limosin.* Limoges, commencement du XVIIe siècle.

Haut., 9 millim.; larg., 65 millim.

103 — Plaque ovale peinte en couleurs, représentant saint Jean assis au milieu d'un paysage, ayant l'agneau à ses côtés. Limoges, XVIIe siècle.

Cadre ancien en bois sculpté et doré.

104 — Deux petites plaques ovales peintes en couleurs, à sujets religieux. Limoges, xviie siècle. — Petit médaillon ovale en émail peint en grisaille, présentant un buste d'Empereur romain lauré, de profil à gauche. Cadre en bronze. Ensemble trois pièces.

105 — Plaque rectangulaire, à coins coupés, représentant *S. MAVRVS*, tenant une crosse et une palme, agenouillé devant l'Autel à l'intérieur d'une église. *Atelier de Jean Limosin*. Limoges, fin du xvie siècle.

Haut., 95 millim.; larg., 75 millim.

106 — Plaque rectangulaire, peinte en couleurs, représentant la Vierge en prières, les mains jointes. Au bas de la plaque, l'inscription : *MATER DEI*, et les initiales *I. L.* Au revers, la signature : *Laudin, émaillieur, à Limoges*. xviie siècle.

Haut., 9 cent.; larg., 7 cent.

107 — Plaque rectaugulaire peinte en couleurs, représentant un Moine debout, en prières devant un crucifix et une tête de mort. Signée au revers : *N. Laudin laisné*. Limoges, xviie siècle.

Haut., 115 millim.; larg., 95 millim.
Cadre ancien en bois sculpté ajouré.

108 — Plaque rectangulaire en émail peint en couleurs, représentant saint Ignace, vu à mi-corps, en prières. Fleurettes en couleurs et en or aux écoinçons. *Atelier des Nouailher*. Limoges, xviie siècle.

Haut., 9 millim.; larg., 7 millim.

109 — Plaque ovale peinte en couleurs, représentant l'éducation de la Vierge. Au revers, la signature : *Laudin laisné.* Limoges, xviie siècle.

Cadre ovale en bois sculpté et doré et de même époque.

110 — Plaque rectangulaire en émail peint en couleurs, représentant : *l'ECCE HOMO.* Signée au revers : *Laudin.* Limoges, xviie siècle.

Haut., 15 cent.; larg., 12 cent.

Cadre ovale en bois sculpté et doré de même époque

111 — Bourse formée de deux plaques ovales, peintes en couleurs et représentant les portraits présumés du Maréchal et de la Maréchale de Catinat. *J. B. Nouailher.* Limoges, xviiie siècle.

112 — Baiser de paix en cuivre, de forme rectangulaire, orné d'une plaque en émail peint en couleurs, représentant *La Pieta.* Limoges, xvie siècle.

113 — Plaque rectangulaire, peinte en couleurs, représentant la Crucifixion. Limoges, xvie siècle.

Haut., 12 cent.; larg., 95 millim.

Cadre ancien en bois sculpté et doré.

114 — Plaque rectangulaire, peinte en couleurs, représentant la Flagellation. Limoges, xvie siècle.

Haut., 12 cent.; larg., 09 cent.

Cadre ancien en bois sculpté et doré.

115 — Deux plaques rectangulaires, peintes en couleurs, représentant chacune un personnage allégorique debout sous une arcature monumentale. Limoges, XVIe siècle.

Haut., 165 millim.; larg., 105 millim.

116 — Plaque rectangulaire, peinte en couleurs, représentant la Sainte Face. Jésus portant sa croix, accompagné de nombreux personnages et de soldats, est mené au calvaire; sainte Véronique, agenouillée au premier plan, tient le voile sur lequel apparait la tête du Christ. Limoges, XVIe siècle.

Haut., 175 millim.; larg., 14 cent.

Cadre ancien en bois sculpté et doré.

117 — Plaque rectangulaire peinte en couleurs, représentant le Christ à mi-corps, couronné d'épines. Dans le champ, diverses inscriptions latines en lettres d'or. Limoges, XVIe siècle.

Haut., 105 millim. ; larg. 9 cent.

118 — Baiser de paix en bois mouluré, orné d'une plaque cintrée en émail peint en couleurs avec rehauts d'or sur fond bleu et représentant le Christ en croix, la Vierge, saint Jean et sainte Madeleine. Au fond, Jérusalem. Limoges, XVIe siècle.

Haut. de l'émail, 10 cent.; larg., 8 cent.

119 — Plaque rectangulaire peinte en couleurs avec rehauts d'or, représentant l'Adoration des rois

mages. — *Atelier de Jean Courtois.* Limoges, XVIe siècle.

Haut., 21 cent. ; larg., 155 millim.

Cadre doré en bois sculpté.

120 — Assiette peinte en couleurs sur fond noir : *Le Mois d'octobre.* Au centre, un paysan dirige une charrue traînée par un cheval blanc sur lequel est un cavalier. Derrière, un personnage fait les semailles. Fond de paysage avec habitations, Dans le haut, le signe du Zodiaque, les Balances et l'inscription *Octobre.* Le marli est orné de rinceaux blancs. Au revers, un buste de femme de profil, à gauche, est inscrit dans un large médaillon découpé. Limoges, XVIe siècle.

Diam., 20 cent.

121 — Coupe circulaire sur pied bas, décorée en grisaille avec rehauts d'or sur fond noir d'un sujet mythologique à trois personnages. Fond de paysage avec monuments. A la partie supérieure, sur une nuée, un amour tenant des couronnes. Au revers, mascarons et guirlandes de fleurs. — *Atelier de Pierre Courteys.* Limoges, XVIe siècle.

Diam., 22 cent.

122 — Plaque rectangulaire en émail peint en couleurs avec rehauts d'or et paillons. Sujet allégorique : *L'Odorat*, d'après Goltzius, et figuré par un homme et une femme vus à mi-corps, étroitement enlacés et s'embrassant. La femme très

décolletée est parée d'un collier et de boucles d'oreilles. — *Atelier de Léonard Limosin.* Limoges, xvie siècle.

Haut., 17 cent.; larg., 12 cent.

Cadre doré.

123 — Plaque rectangulaire peinte en couleurs, représentant la Crucifixion. Limoges, xvie siècle.

Haut., 13 cent.; larg., 11 cent.

Cadre en bois sculpté et doré.

124 — Plaque rectangulaire peinte en couleurs avec rehauts d'or. Composition à nombreux personnages représentant Jésus montré au peuple. — *Atelier de Pierre Raymond.* Limoges, xvie siècle.

Haut., 20 cent.; larg., 165 millim.

125 — Plaque rectangulaire en émail peint en couleurs, représentant le Christ mort, étendu sur les genoux de la Vierge, entourée des Saintes Femmes et de saint Jean. Limoges, xvie siècle.

Haut., 21 cent.; larg., 145 millim.

126 — Deux plaques rectangulaires peintes en couleurs. Composition à nombreux personnages, représentant le Christ en croix et Jésus tombant sous la croix. Limoges, xvie siècle.

Haut., 19 cent.; larg., 16 cent.

Cadres anciens moulurés à frontons cintrés.

127 — Plaque rectangulaire en émail peint en couleurs, présentant la Vierge en buste, la tête légè-

rement levée et couverte d'un voile bleu. Fonds noirs à rinceaux dorés. —*Atelier de Jean Limosin.* Limoges, XVIe siècle.

Haut., 12 cent.; larg., 9 cent.

128 — Deux plaques rectangulaires peintes en couleurs sur fond noir avec rehauts d'or et paillons et représentant les bustes du Christ et de la Vierge de profil et en relief. Encadrement de fleurettes polychromes et rinceaux d'or sur fond noir. — *Atelier de Jean Limosin.* Limoges, XVIIe siècle.

Haut., 95 millim.; larg., 75 millim.

129 — Grande plaque de baiser de paix en émail peint en couleurs, représentant la Flagellation du Christ. Manière de Pénicaud.

Haut., 16 cent.; larg. 115 millim.

130 — Plaque rectangulaire peinte en grisaille, représentant la Crucifixion. Limoges, XVIe siècle. (Incomplète.)

131 — Plaque rectangulaire peinte en couleurs, représentant la Cène. Limoges, XVIe siècle.

Haut., 18 cent.; larg., 135 millim.

132 — Plaque rectangulaire peinte en couleurs, représentant la Nativité. Limoges, XVIe siècle.

Haut., 12 cent.; larg., 10 cent.

Cadre ancien en bois sculpté et dorés.

133 — Plaque ovale en émail peint en couleurs, représentant Hercule enfant couché dans un ber-

ceau et étouffant les serpents. Au pourtour, légende explicative du sujet. Limoges, xvie siècle.

Grand diam., 19 cent.; petit diam., 16 cent.

134 — Plaque ovale en émail peint en couleurs, à sujet tiré de l'histoire d'Hercule. Dans le champ, l'explication du sujet représenté inscrite en lettres dorées : *Comment Hercule tua le sagitaire.* Limoges, xvie siècle.

Grand diam., 19 cent.; petit diam., 16 cent.
Cadre en bois sculpté et doré.

135 — Plaque ovale peinte en couleurs, représentant Hercule tuant Antée. Fonds de paysages avec animaux. Au pourtour, légende explicative du sujet. Limoges, xvie siècle.

Grand diam., 19 cent.; petit diam., 16 cent.

136 — Plaque ovale peinte en couleurs, représentant une scène tirée de l'histoire d'Hercule : Le héros, revêtu de la tunique de Déjanire, se brûlant sur le mont Œta. En exergue, l'explication du sujet. Limoges, xvie siècle.

Grand diam., 19 cent.; petit diam., 16 cent.

137 — Deux plaques ovales peintes en couleurs, à sujets tirés de l'histoire d'Hercule. Au pourtour, l'explication des sujets : *Comment Hercule enchaîna Cerbère. — Comment Hercule tua l'hydre de Lerne.* Limoges, xvie siècle.

Grand diam., 19 cent.; petit diam., 16 cent.
Cadres anciens en bois sculpté et doré.

138 — Plaque rectangulaire peinte en couleurs, représentant l'Annonciation. Limoges, xvie siècle.

Haut., 16 cent.; larg., 12 cent.

Cadre ancien en bois sculpté, ajouré et doré.

139 — Grande plaque en émaux de couleurs, représentant le Mariage de la Vierge. Composition à nombreux personnages vêtus de curieux costumes. A l'arrière-plan, la nef d'une église. Limoges, xvie siècle.

Haut., 27 cent.; larg., 20 cent.

Cadre ancien en bois doré.

140 — Plaque rectangulaire peinte en couleurs : La Mise au tombeau. Composition à nombreux personnages. Limoges, xvie siècle.

Haut., 21 cent.; larg., 18 cent.

Cadre noir guilloché.

141 — Plaque rectangulaire en émail peint en couleurs, représentant un saint moine agenouillé, tenant le portrait présumé du cardinal de Fleury, vu à mi-corps, de face, et disposé dans un cadre ovale. Près du cadre, un écusson armorié timbré du chapeau de cardinal, et une inscription latine. Au bas de l'émail, l'inscription : *Offert par Honoré Pariac.* Au contre-émail, la signature de *Bap^{te} Nouailhier, émaillieur à Limoges.* xviie siècle.

Haut., 17 cent.; larg., 135 millim.

Cadre ancien en bois sculpté et doré avec fronton orné d'un écusson armorié.

142 — Coupe basse à bords godronnés, peinte en couleurs. Le fond est décoré à l'intérieur d'un Bacchus enfant et l'extérieur d'un paysage. Les bords sont ornés de fleurettes polychromes et de branchages dorés. Signée : *I. L. Jacques Laudin*. Limoges, XVIIe siècle.

Diam., 135 millim.

143 — Tasse et soucoupe peinte en couleurs. La tasse est décorée de deux médaillons à sujets mythologiques, séparés par des rocailles en relief. Sous le pied, un buste d'empereur romain lauré, de profil à droite, et la signature *P. N.* La soucoupe représente Narcisse se mirant dans la fontaine. *Pierre Nouaillier, Limoges*, XVIIe siècle.

144 — Deux plaques de bourse en émail de Limoges, représentant l'une un portrait d'homme, l'autre un portrait de femme. XVIIe siècle.

145 — Coupe lobée à deux anses, peinte en couleurs. Elle présente dans un médaillon hexagonal sainte Marthe tenant une palme. Bordure de fleurettes polychromes sur fond blanc. Limoges, XVIIe siècle.

Diam., 14 cent.

146 — Petite plaque peinte en couleurs, représentant le Christ à mi-corps, tenant le globe et bénissant. Limoges, XVIIe siècle.

Haut., 8 cent.; larg., 65 cent.

147 — Plaque rectangulaire peinte en couleurs, représentant saint François Xavier. Encadrement de fleurettes sur fond noir. *Atelier des Nouailher*. Limoges, XVIIe siècle.

Haut., 09 cent.; larg., 07 cent.

148 — Plaque rectangulaire peinte en couleurs, représentant la Vierge à mi-corps, de profil à gauche, les mains jointes, en prières. Limoges, XVIIe siècle.

Haut., 14 cent.; larg., 105 millim.

Cadre doré.

149 — Plaque rectangulaire peinte en grisaille avec rehauts de couleurs, représentant le Christ en croix. Fond bleu. Encadrement à fleurettes blanches en relief, disposées aux angles. Limoges, XVIIe siècle.

Haut., 155 millim.; larg., 115 millim.

150 — Plaque rectangulaire peinte en couleurs, représentant saint Henri. Coins ornés de fleurettes en couleurs sur fond blanc. *Atelier des Nouailher*. Limoges, XVIIe siècle.

Haut., 07 cent.; larg., 06 cent.

Cadre doré.

151 — Plaque rectangulaire peinte en couleurs, représentant le Christ en croix. Coins ornés de rocailles en relief. *Atelier des Nouailher*. Limoges, XVIIe siècle.

Haut., 09 cent.; larg., 075 millim.

IVOIRES

152 — Volet de diptyque sculpté en haut relief et représentant, sous une triple arcature gothique, La Nativité et l'Annonce aux Bergers. Travail français, XIVe siècle.

Haut., 75 millim.; larg., 5 cent.

153 — Volet de diptyque sculpté en haut relief, représentant la Vierge debout, portant l'Enfant Jésus sur son bras gauche et tenant une fleur de la main droite; à ses côtés, sont deux anges portant des cierges. A la partie supérieure, triple arcature gothique ornée de fleurons. Travail français, XIVe siècle.

Haut., 65 millim.; larg., 45 millim.

154 — Plaquette à écrire sculptée en bas-relief, représentant la Crucifixion. A la partie supérieure, triple arcature gothique ornementée de fleurons. Travail français, XIVe siècle.

Haut., 75 millim.; larg., 5 cent.

155 — Diptyque sculpté en bas-relief. Chaque volet est divisé en deux tableaux juxtaposés et représente l'Annonciation, la Nativité et l'Annonce aux Bergers, la Présentation au temple et la Crucifixion. A la partie supérieure, arcatures gothiques ornées de fleurons. Travail français, XIVe siècle.

Haut., 102 millim.; larg. ouvert, 17 cent.

158 — 210

162 — 130

155 — 1700

163 — 510

157

154 — 230

153 — 27[illegible]

156 — 805

152 — 230

164 — 280

Phototypie Berthaud, Paris

159

3. 2 20

Phototypie Berthaud, Paris

156 — Polyptyque formé de quatre plaquettes rectangulaires sculptées en bas-relief et représentant L'Annonce aux Bergers, la Nativité, la Crucifixion et la Mise au Tombeau. Au-dessus de chacun des sujets est une arcature ornementée. Travail français, XIVe siècle.

Haut., 68 millim.; larg. ouvert, 165 millim.

157 — Baiser de paix de forme légèrement convexe, cintré à la partie supérieure, sculpté en bas-relief et présentant, sous une arcature, la Vierge assise de face dans une large stalle monumentale et tenant l'Enfant Jésus sur son bras gauche. A la partie supérieure, un ange ailé place une couronne sur la tête de la Vierge. Travail français, fin du XVe siècle.

Haut., 112 millim.; larg., 65 millim.

158 — Baiser de paix de forme convexe, à fronton en pan coupé, sculpté en bas-relief et représentant un ange ailé et drapé tenant la croix. De chaque côté, un arbuste fleuri. Large bordure festonnée, ornée d'une inscription en lettres gothiques. Au revers, poignée en métal. Travail espagnol, fin du XVe siècle.

Haut., 125 millim.; larg., 95 millim.

159 — Joli groupe en ivoire sculpté en ronde bosse, représentant la Vierge assise sur un banc, couronnée et voilée, vêtue d'un ample manteau dont les plis sont gracieusement drapés sur les jambes. Elle soutient de son bras gauche l'Enfant Jésus posé sur son genou. Travail français. XIVe siècle.

Haut., 124 millim.

160 — Diptyque en ivoire sculpté en haut relief, représentant, sur le volet de gauche, la Vierge debout portant l'Enfant Jésus. A ses côtés, sont deux anges debout portant des cierges. Sur le volet de droite : le Christ en croix entre la Vierge et saint Jean. A la partie supérieure, de chaque volet, est une arcature gothique trilobée, surmontée de fleurons disposés sur les rampants. Travail français, XIVe siècle.

Haut., 125 millim.; larg. ouvert, 16 cent.

161 — Petit triptyque en ivoire, représentant, sur la partie centrale, la Crucifixion, et sur l'un des volets, la Vierge debout, portant l'Enfant Jésus; sur l'autre, Sainte Catherine debout, tenant la palme et la roue. XVIe siècle.

Haut., 085 millim.; larg. totale, 09 cent.

162 — Petit haut relief sans fond, représentant la Vierge évanouie, soutenue par une sainte femme et par saint Jean. XIVe siècle.

Haut., 085 millim.; larg., 04 cent.

163 — Petit haut relief sans fond, représentant huit apôtres disposés sur deux rangs superposés. Travail français, XIVe siècle.

Haut., 065 millim.; larg., 045 millim.

164 — Volet de diptyque en ivoire sculpté en haut relief et présentant, sous une triple arcature gothique, le Christ en croix entre la Vierge et saint Jean. Travail français, XIVe siècle.

Haut., 085 millim.; larg., 055 millim.

165 — Volet de diptyque en ivoire sculpté, représentant la Vierge debout, tenant l'Enfant Jésus, et trois autres saints personnages. Charniéres et fermoirs en argent ciselé représentant des têtes de femmes. XVe siècle.

Haut., 08 cent.; larg., 055. millim.

166 — Tablette à écrire en ivoire sculpté en bas-relief, représentant le Christ en croix entre la Vierge et saint Jean. A la partie supérieure, trois arcatures gothiques ornées de fleurons. Travail français. XIVe siècle.

Haut., 78 millim.; larg., 46 millim.

167 — Baiser de paix en ivoire sculpté en bas-relief, représentant le Christ en croix entre quatre saints personnages. La partie supérieure cintrée est ornée d'une arcature trilobée. XVe siècle.

Haut., 85 millim.; larg., 57 millim.

168 — Baiser de paix en ivoire, sculpté en bas-relief représentant la Crucifixion. A la partie supérieure, arcature trilobée ornementée de fleurons. XVe siècle.

Haut., 9 cent.; larg., 6 cent.

169 — Petite plaquette en ivoire, ornée sur chacune de ses faces d'un sujet sculpté en bas-relief disposé sous une arcature gothique et représentant la Crucifixion et la Résurrection. Travail français, XIVe siècle.

Haut., 75 cent.; larg., 5 cent.

170 — Petite plaquette rectangulaire en ivoire sculpté en bas-relief, représentant la Crucifixion. XIVe siècle. Cette plaquette a été transformée en baiser de paix et encastrée dans une monture en cuivre gravé du XVe siècle, ornée au revers d'une Sainte Femme debout sous une arcature ogivale.

Haut., 75 cent.; larg. 55 cent.

171 — Diptyque en ivoire sculpté en bas-relief. Le volet de gauche présente la Vierge debout, tenant l'Enfant Jésus ; le volet de droite figure la Crucifixion. A la partie supérieure, de chaque côté, une triple arcature gothique ornée de fleurons. Travail français, XVIe siècle. Monture moderne en écaille.

Larg. de chaque volet, 45 millim.; haut., 9 cent.

172 — Deux plaquettes en ivoire sculpté en haut relief, divisées chacune en deux registres, représentant la Crucifixion, la Nativité, l'Adoration des rois mages et l'Annonciation. Travail français du XIVe siècle. Ces plaques sont serties dans une ancienne monture en argent formant baiser de paix.

Haut., 95 millim.; larg., 9 cent.

173 — Deux plaquettes à écrire en ivoire, ornées l'une et l'autre d'un sujet sculpté en bas-relief et disposé sous une triple arcature gothique, représentant la Crucifixion. XIVe siècle.

174 — Petit diptyque en ivoire sculpté. Chacun des volets est orné d'un sujet religieux disposé sous une triple arcature gothique ; à gauche, la Crucifixion ; à droite, l'Adoration des rois mages. Travail français, XIVe siècle.

Larg. ouvert, 95 millim. ; haut., 75 millim.

175 — Petite plaquette à écrire en ivoire sculpté, représentant le Christ en croix entre la Vierge et saint Jean. A la partie supérieure, triple arcature gothique ornée de fleurons. XIVe siècle.

Haut., 65 millim., larg., 45 millim.

176 — Sept plaquettes en ivoire sculpté, découpé et ajouré, provenant d'un coffret ; quatre sont à décor de personnages et de scènes de la vie civile, deux sont décorées d'aigles aux ailes éployées ; la dernière en forme de baguette plate est décorée d'une frise de rinceaux terminés par deux animaux affrontés. Ancien travail italien.

177 — Lot de plaquettes en os sculpté, à décor de personnages et d'anges ailés portant des attributs religieux. Travail italien du XVe siècle. (Environ vingt pièces.)

178 — Très petit groupe en ivoire sculpté : la Vierge assise, tenant l'Enfant Jésus. Ancien travail espagnol.

Haut., 055 millim.

179 — Statuette en ivoire, représentant Saint Jean debout, drapé dans un ample manteau, dont un pan est relevé sur le bras gauche. XVIe siècle.

Haut., 145 millim.

180 — Statuette en ivoire, représentant un saint personnage debout, tenant un attribut. XVIe siècle.

Haut., 14 cent.

181 — Statuette de sainte femme debout, les mains jointes, voilée et vêtue d'un ample manteau. Ivoire. XVIe siècle.

Haut., 11 cent.

182 — Statuette de saint personnage debout et drapé. Ivoire. XVIe siècle.

Haut., 125 millim.

183 — Christ en ivoire sculpté. (Incomplet.)

184 — Christ en ivoire. (Incomplet.)

185 — Triptyque en marqueterie de bois et d'os à pignon triangulaire et orné au centre et sur chaque volet de plaques en os sculpté. La partie centrale présente la Vierge debout, portant l'Enfant Jésus et deux saints personnages tenant leurs attributs. Et sur les volets, deux saints personnages drapés, l'un portant un livre et un bâton, l'autre une épée. L'extérieur

est décoré de peintures en grisaille, représentant également des saints personnages. Ancien travail italien.

Haut., 33 cent.; larg. ouvert, 25 cent.

186 — Coffret rectangulaire à couvercle plat en bois, orné de plaquettes d'os sculpté en bas-relief et représentant des personnages en costumes civils, des sujets de chasse et des rinceaux. Le dessous est marqueté en échiquier. Travail italien, fin du xve siècle.

Larg., 15 cent.; long., 18 cent.; haut., 6 cent.

BOIS SCULPTÉS

187 — Statuette d'applique, à mi-corps, de saint Jean, la main gauche contre son visage. Bois sculpté et polychromé. xve siècle.

Haut., 40 ceut.

188 — Statuette d'applique en bois sculpté et peint: Apôtre debout et drapé, la tête tournée légèrement vers la gauche. xvie siècle.

Haut., 46 cent.

189 — Groupe en bois sculpté et polychromé : Piéta. xve siècle.

Haut., 35 cent.

190 — Groupe d'applique en bois sculpté : La Vierge assise, drapée et voilée, tenant sur ses genoux l'Enfant Jésus. xve siècle.

Haut., 35 cent.

191 — Buste d'enfant en bois sculpté et polychromé. xvie siècle.

Haut., 25 cent.

192 — Petite statuette d'applique en bois sculpté peint et doré. La Vierge debout, couronnée, drapée d'un long manteau, et portant l'Enfant Jésus sur son bras droit. xve siècle.

Haut., 30 cent.

193 — Groupe d'applique en bois sculpté, représentant divers personnages au pied d'une chaire dans laquelle saint Jacques debout paraît prêcher. Travail flamand. Fin du xve siècle.

Haut., 52 cent.; larg., 37 cent.

194 — Statuette d'applique en bois sculpté et polychromé : Vierge debout, portant l'Enfant Jésus sur le bras gauche. xvie siècle.

Haut., 38 cent.

195 — Statuette en bois sculpté et polychromé avec traces de dorure, représentant la Vierge assise de face dans une stalle à haut dossier à montants sculptés. Elle est vêtue d'une robe à corsage ajusté fermé sur la poitrine, et d'un ample manteau posé sur les épaules et dont les plis sont gracieusement ramenés sur les genoux. Les cheveux retombent sur les épaules et sont maintenus par une couronne ornementée. Commencement du xvie siècle.

Haut., 45 cent.

(*Voir la vignette sur la couverture du Catalogue.*)

196 — Statuette d'applique en bois sculpté et polychromé : Saint personnage barbu, assis sur un banc et tourné vers la droite. Il est drapé dans un ample manteau qui lui couvre la tête. Fin du xve siècle.

Haut., 31 cent.

197 — Groupe en bois sculpté avec traces de polychromie, représentant la Vierge debout, drapée dans un ample manteau, vêtue d'un corsage décolleté en carré, et tenant sur son bras gauche l'Enfant Jésus. Socle adhérent orné d'une banderole sculptée. Fin du xve siècle.

Haut., 29 cent.

198 — Statuette en bois sculpté avec traces de polychromie, représentant saint Jacques debout, drapé dans un ample manteau, tenant un livre ouvert dans sa main gauche. Fin du xve siècle.

Haut., 68 cent.

199 — Statuette en bois sculpté et peint, présentant le Christ debout, couronné d'épines, les mains attachées devant la poitrine, les épaules couvertes par un manteau attaché par un fermail ornementé. xve siècle.

Haut., 67 cent.

200 — Baiser de paix en bois sculpté, représentant, disposé sous une arcature ogivale décorée de personnages et soutenue par des colonnettes torses, la Vierge et saint Jean debout de chaque côté de la croix. xve siècle.

201 — Petit diptyque en bois sculpté, décoré à l'extérieur de diverses scènes de la vie du Christ, disposées en deux registres superposés. Ces sujets sont abrités par une triple arcature gothique et encadrés d'une bordure à fleurettes. A l'intérieur des volets, des reliques étaient disposées au milieu d'enroulements de papiers et à la partie supérieure de chacun d'eux, des bas-reliefs présentent des scènes religieuses à nombreux personnages. Ancien travail italien.

Larg. ouvert, 16 cent.; haut., 115 millim.

202 — Haut relief en bois sculpté, représentant sous une arcature trilobée la Vierge assise, couronnée, drapée et voilée, allaitant l'Enfant Jésus. XVe siècle.

Haut., 205 millim., larg., 18 cent.

203 — Petit haut relief en bois sculpté, représentant le Calvaire. XVIe siècle.

Haut., 19 cent.; larg., 8 cent.

204 — Petite statuette en bois sculpté, représentant la Vierge debout, portant l'Enfant Jésus. Travail espagnol, XVIe siècle.

Haut., 20 cent.

205 — Petite statuette de Vierge debout, portant l'Enfant Jésus. Bois de poirier. XVIe siècle.

Haut., 14 cent.

206 — Statuette d'applique en bois sculpté : personnage assis et drapé. XVe siècle.

Haut., 45 cent.

207 — Groupe d'applique en bois sculpté : la Vierge debout, portant l'Enfant Jésus sur son bras droit. Anvers, xve siècle.

Haut., 30 cent.

208 — Groupe en bois sculpté, présentant la Vierge assise, tenant l'Enfant Jésus. (Incomplet.) xve siècle.

Haut., 50 cent.

209 — Petit groupe en bois sculpté, représentant sainte Anne et la Vierge assise sur une stalle et tenant entre elles l'Enfant Jésus debout. xvie siècle.

Haut., 11 cent.; larg., 9 cent.

210 — Petit groupe en bois sculpté et peint : la Vierge debout, drapée, portant l'Enfant sur son bras gauche. xvie siècle.

Haut., 18 cent.

211 — Buste de jeune femme en bois sculpté et polychromé. Elle est vêtue d'un corsage décolleté, le cou paré d'un ruban. Les cheveux tombent sur les épaules et sont retenus sur le front par un diadème. Travail espagnol, xvie siècle.

Haut., 50 cent.

212 — Porte de crédence en bois sculpté, ornée de fenestrages gothiques abritant deux écussons chargés de monogrammes. xve siecle.

Haut., 31 cent.; larg., 36 cent.

213 — Panneau en bois, sculpté en bas-relief, représentant saint Pierre debout sous une arcature ogivale. xve siècle.

Haut., 33 cent.; larg., 23 cent.

214 — Panneau en bois sculpté et ajouré provenant d'un rétable, figurant la Nativité. On voit sur ce panneau, abrités sous un portique, le Bœuf, l'Ane et deux personnages. xvie siècle.

Haut., 33 cent.; larg., 30 cent.

215 — Coffret rectangulaire à couvercle bombé en bois sculpté, décoré sur toutes ses faces de rinceaux, têtes de chérubins, amours ailés. xvie siècle.

Haut., 26 cent.; larg., 22 cent.; long., 34 cent.

216 — Cadre ovale en bois sculpté et doré, formé de larges feuilles d'acanthe et de fleurettes, et surmonté d'un écusson armorié timbré d'une couronne. Italie, xviie siècle.

Haut., 33 cent.; larg., 29 cent.

SCULPTURES DIVERSES

217 — Statuette d'applique en albâtre sculpté : Saint Pierre debout, portant un livre de la main droite et sa clef dans la main gauche. Traces de polychromie. Travail anglais, xve siècle.

Haut., 40 cent.

218 — Statuette d'applique de saint Étienne debout, vêtu d'un ample manteau, tenant ses attributs et un phylactère. Albâtre. xve siècle.

Haut., 65 cent.

219 — Haut relief en albâtre sculpté, à nombreux personnages, représentant la Mise au tombeau. xve siècle.

Haut., 42 cent.; larg., 26 cent.

220 — Statuette en marbre blanc sculpté, représentant un ange debout, les cheveux bouclés. Il est drapé dans un ample manteau, dont les pans sont ramenés sur le bras gauche, et retombent en plis gracieux. Il tient un livre ouvert. Italie, xve siècle. (La tête est recollée.)

Haut., 46 cent.

221 — Petite statuette d'applique en pierre sculptée, représentant un personnage debout, imberbe et couronné de fleurs ; il est vêtu d'une longue robe unie et il tient dans sa main gauche une palme. Fin du xve siècle.

Haut., 25 cent.

360 222 — Haut-relief en albâtre sculpté et peint, représentant la Vierge debout sur le croissant lunaire, dans une gloire soutenue par des anges. xve siècle.

Haut., 40 cent.; larg., 28 cent.

223 — Statuette en pierre sculptée, représentant la Vierge voilée et drapée, debout, et les mains jointes. xve siècle.

Haut., 24 cent.

200 224 — Groupe d'applique en pierre sculptée, avec traces de polychromie : La Vierge debout, couronnée et voilée, drapée dans un ample manteau, dont les pans sont relevés sur le côté gauche. Elle tient l'Enfant Jésus sur son bras gauche et lui présente une branche fleurie.

Haut., 51 cent.

Total 54 578

www.ingramcontent.com/pod-product-compliance
Ingram Content Group UK Ltd.
Pitfield, Milton Keynes, MK11 3LW, UK
UKHW021314190726
13839UKWH00007B/1349

9 782329 580418